很ㄏㄣˇ久ㄐㄧㄡˇ很ㄏㄣˇ久ㄐㄧㄡˇ以ㄧˇ前ㄑㄧㄢˊ，
人ㄖㄣˊ們ㄇㄣˊ總ㄗㄨㄥˇ是ㄕˋ忘ㄨㄤˋ記ㄐㄧˋ自ㄗˋ己ㄐㄧˇ出ㄔㄨ生ㄕㄥ在ㄗㄞˋ哪ㄋㄚˇ一ㄧ年ㄋㄧㄢˊ，
也ㄧㄝˇ算ㄙㄨㄢˋ不ㄅㄨˋ清ㄑㄧㄥ自ㄗˋ己ㄐㄧˇ究ㄐㄧㄡˋ竟ㄐㄧㄥˋ幾ㄐㄧˇ歲ㄙㄨㄟˋ。

爺ㄧㄝˊ爺ㄧㄝˊ，
您ㄋㄧㄣˊ今ㄐㄧㄣ年ㄋㄧㄢˊ幾ㄐㄧˇ歲ㄙㄨㄟˋ了ㄌㄜ？

嗯ㄣ，我ㄨㄛˇ想ㄒㄧㄤˇ想ㄒㄧㄤˇ啊ㄚ……
不ㄅㄨˋ記ㄐㄧˋ得ㄉㄜˊ了ㄌㄜ耶ㄧㄝ！

玉ㄩˋ皇ㄏㄨㄤˊ大ㄉㄚˋ帝ㄉㄧˋ想ㄒㄧㄤˇ了ㄌㄜ一一ˊ個ㄍㄜˋ辦ㄅㄢˋ法ㄈㄚˇ：

有了！

閻羅王
城隍爺
門神
土地公
七爺⋯
⋯帝
月下老人

記年份太難，記動物的名字就簡單多了。
找出十二種動物來代表年份，不就行了嗎？

玉皇大帝通知土地公，請他去發布選拔十二生肖的消息。

十二生肖
的故事

文圖 賴馬

十二生肖渡河比賽

歡迎動物們來參加渡河比賽，
前十二名到達終點的動物，
可以成為十二生肖。

起點

終點

消息公布以後，所有的動物都很興奮，大家鬧哄哄地討論渡河比賽的事。

當時，老鼠和貓是很好的
朋友，他們聚在一起討論。
老鼠說：「我們不會游泳，要
怎麼渡河呢？」
貓說：「可以跟牛合作，我們
幫他指路，他載我們渡河。」

貓ㄇㄠ和ㄏㄜ老ㄌㄠ鼠ㄕㄨ去ㄑㄩ找ㄓㄠ牛ㄋㄧㄡ，
牛ㄋㄧㄡ立ㄌㄧ刻ㄎㄜ答ㄉㄚ應ㄧㄥ了ㄌㄜ。

到ㄉㄠˋ了ㄌㄜ˙比ㄅㄧˇ賽ㄙㄞˋ當ㄉㄤ天ㄊㄧㄢ。一ㄧ大ㄉㄚˋ清ㄑㄧㄥ早ㄗㄠˇ，
公ㄍㄨㄥ雞ㄐㄧ都ㄉㄡ還ㄏㄞˊ沒ㄇㄟˊ睡ㄕㄨㄟˋ醒ㄒㄧㄥˇ，牛ㄋㄧㄡˊ、貓ㄇㄠ和ㄏㄢˊ老ㄌㄠˇ鼠ㄕㄨˇ
已ㄧˇ經ㄐㄧㄥ來ㄌㄞˊ到ㄉㄠˋ河ㄏㄜˊ邊ㄅㄧㄢ。

牛蹲下來，讓貓和老鼠爬上
他的背，然後開始渡河。貓
平常就愛打瞌睡，今天又太
早起來，很快就趴在牛背上
睡著了。

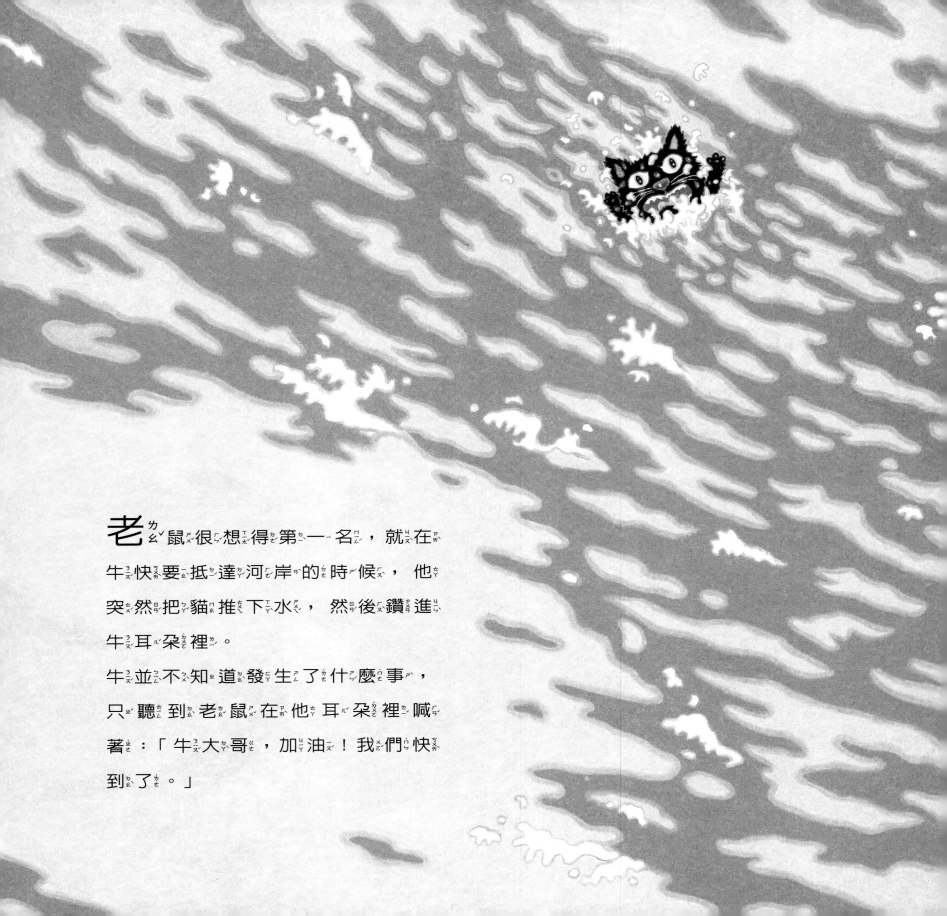

老鼠很想得第一名，就在牛快要抵達河岸的時候，他突然把貓推下水，然後鑽進牛耳朵裡。

牛並不知道發生了什麼事，只聽到老鼠在他耳朵裡喊著：「牛大哥，加油！我們快到了。」

牛ㄋㄧㄡˊ爬ㄆㄚˊ上ㄕㄤˋ對ㄉㄨㄟˋ岸ㄢˋ，高ㄍㄠ興ㄒㄧㄥˋ地ㄉㄧˋ衝ㄔㄨㄥ向ㄒㄧㄤˋ終ㄓㄨㄥ點ㄉㄧㄢˇ。

老ㄌㄠˇ鼠ㄕㄨˇ突ㄊㄨˊ然ㄖㄢˊ從ㄘㄨㄥˊ牛ㄋㄧㄡˊ耳ㄦˇ朵ㄉㄨㄛˇ裡ㄌㄧˇ跳ㄊㄧㄠˋ出ㄔㄨ來ㄌㄞˊ，搶ㄑㄧㄤˇ先ㄒㄧㄢ

抵ㄉㄧˇ達ㄉㄚˊ終ㄓㄨㄥ點ㄉㄧㄢˇ，得ㄉㄜˊ到ㄉㄠˋ第ㄉㄧˋ一ㄧ名ㄇㄧㄥˊ。

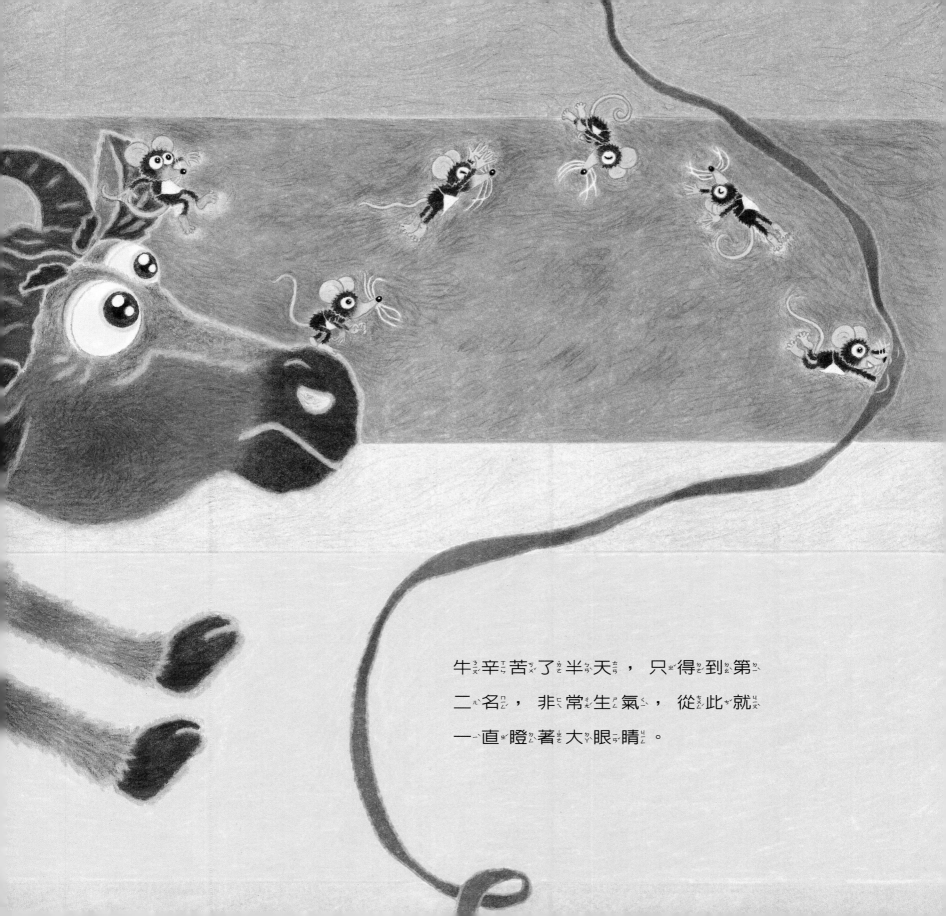

牛辛苦了半天，只得到第
二名，非常生氣，從此就
一直瞪著大眼睛。

過了一會兒，全身濕淋淋的老虎來了，他很有自信地吼著：「我是第一名吧！」玉皇大帝說：「不！你得到第三名。」

突然間，天空捲起一陣狂風，龍從天而降，眼看就要抵達終點，兔子衝了過來，搶先得到第四名。

兔子不會游泳，一路跳呀跳，踩著別人的背渡河。

玉皇大帝問龍：「你用飛的，怎麼這麼晚才到呢？」原來，龍去遙遠的南海主持下雨典禮，趕回來時已經來不及了。

馬蹄聲傳來，塵土飛滿天。馬跑在最前面，正要衝向終點，蛇突然從草叢裡鑽出來，搶先得到第六名。

蛇本來有腳，這次跑得太賣力，把腳都跑斷了。
馬本來很勇敢，這次被蛇嚇到，從此變得很膽小。

羊、猴和雞在河邊撿到一根木頭，大家通力合作，得到八、九、十名。

啦啦啦

羊坐在前面指路，因為看得太用力，變成一個大近視。猴子在木頭上坐太久，屁股又紅又腫。雞本來有四隻腳，上岸的時候給壓斷了兩隻，所以現在只剩兩隻腳。

恭喜，
你得到第11名。

狗來了。他很貪玩，渡河
的時候，居然泡在河裡玩
水，耽誤了時間。

十二生肖只剩下一個名額，
大家伸長脖子望著前方。
豬來了，他滿頭大汗，喘著氣
說：「餓死我了，這裡有沒有
好吃的東西？」

比賽結束，玉皇大帝宣布
十二生肖的名次。

這時，濕淋淋的貓來了，
他問：「我第幾名？」
玉皇大帝說：「第十三名。」

貓非常生氣，每根鬍鬚都翹起來，他說：「可惡的老鼠！我絕不饒你！」

說完，揮爪向老鼠撲過去。老鼠嚇得吱吱叫，往玉皇大帝的椅子下鑽，還是被貓打了一巴掌，牙齒都被打掉了。

老鼠雖然得到第一名， 從此
每天提心吊膽， 怕貓找他報仇；
直到今天， 老鼠看到貓影子， 就
沒命地跑， 連大白天也躲在洞裡
不敢出來。

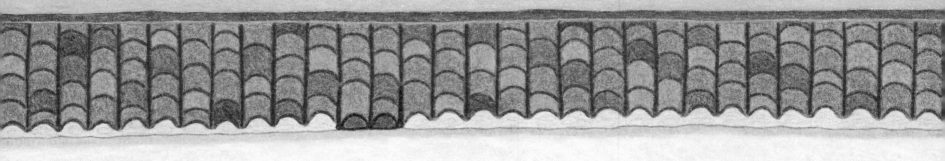

賴馬

1968年生，27歲那年出版第一本書《我變成一隻噴火龍了！》即獲得好評，從此成為專職的圖畫書創作者。目前一家五口在台東玩耍生活著，並於2014年夏天成立了「賴馬繪本館」。

在賴馬的創作裡，每個看似幽默輕鬆的故事，其實結構嚴謹，不但務求合情合理、還要符合邏輯；每幅以巧妙手法布局的畫面細節，都歷經反覆推敲、仔細經營。除了第一眼的驚嘆，更禁得起一讀再讀。

賴馬的作品幾乎得過所有台灣重要的圖畫書獎項，亦曾連續三年登上誠品書店暢銷書榜圖畫書類第一名。2007年應邀到大阪國際兒童文學館演講。

每有新作都廣受喜愛，2014出版的《愛哭公主》榮獲兒童及少年圖書金鼎獎，並且與情緒系列《生氣王子》與《勇敢小火車》累計逾13萬本的亮眼銷售成績，足以顯示賴馬在圖畫書世界的魅力。

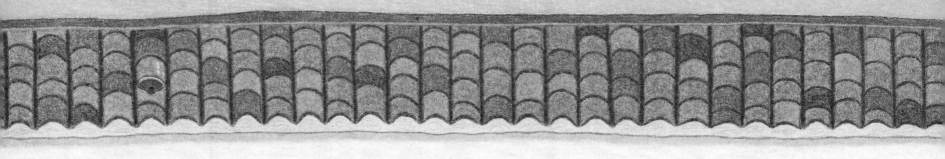

公告

十二生肖渡河比賽結果

恭喜下列十二種動物，
當選十二生肖。

一 鼠　　二 牛　　三 虎

四 兔　　五 龍　　六 蛇

七 馬　　八 羊　　九 猴

十 雞　　十一 狗　　十二 豬

你知道你是民國幾年出生？
屬什麼生肖嗎？

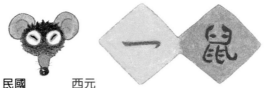  一 鼠

民國	西元		
13年出生 (1924)		73年出生 (1984)
25年出生 (1936)		85年出生 (1996)
37年出生 (1948)		97年出生 (2008)
49年出生 (1960)		109年出生 (2020)
61年出生 (1972)		121年出生 (2032)

 二 牛

14年出生 (1925)	74年出生 (1985
26年出生 (1937)	86年出生 (1997
38年出生 (1949)	98年出生 (2009
50年出生 (1961)	110年出生 (2021
62年出生 (1973)	122年出生 (203

  十二 豬

24年出生 (1935)	84年出生 (1995)
36年出生 (1947)	96年出生 (2007)
48年出生 (1959)	108年出生 (2019)
60年出生 (1971)	120年出生 (2031)
72年出生 (1983)	132年出生 (2043)

我是民國98年出生，
你猜我屬什麼？

我屬猴，那
我是哪一年
出生呢？

  十一 狗

23年出生 (1934)	83年出生 (1994)
35年出生 (1946)	95年出生 (2006)
47年出生 (1958)	107年出生 (2018)
59年出生 (1970)	119年出生 (2030)
71年出生 (1982)	131年出生 (2042)

  十 雞

22年出生 (1933)	82年出生 (1993)
34年出生 (1945)	94年出生 (2005)
46年出生 (1957)	106年出生 (2017)
58年出生 (1969)	118年出生 (2029)
70年出生 (1981)	130年出生 (2041)

   九 猴

21年出生 (1932)	81年出生 (1992
33年出生 (1944)	93年出生 (2004
45年出生 (1956)	105年出生 (201
57年出生 (1968)	117年出生 (202
69年出生 (1980)	129年出生 (204

三 虎   四 兔

5年出生（1926）	75年出生（1986）	16年出生（1927）	76年出生（1987）
7年出生（1938）	87年出生（1998）	28年出生（1939）	88年出生（1999）
9年出生（1950）	99年出生（2010）	40年出生（1951）	100年出生（2011）
年出生（1962）	111年出生（2022）	52年出生（1963）	112年出生（2023）
3年出生（1974）	123年出生（2034）	64年出生（1975）	124年出生（2035）

我屬兔，
年齡是祕密。

我11歲，你猜我
是哪一年出生的？
屬什麼？

 五 龍

17年出生（1928）	77年出生（1988）
29年出生（1940）	89年出生（2000）
41年出生（1952）	101年出生（2012）
53年出生（1964）	113年出生（2024）
65年出生（1976）	125年出生（2036）

 六 蛇

18年出生（1929）	78年出生（1989）
30年出生（1941）	90年出生（2001）
42年出生（1953）	102年出生（2013）
54年出生（1965）	114年出生（2025）
66年出生（1977）	126年出生（2037）

對了，十二生肖是
以農曆春節過後才
做輪替。

 八 羊 七 馬

0年出生（1931）	80年出生（1991）	19年出生（1930）	79年出生（1990）
2年出生（1943）	92年出生（2003）	31年出生（1942）	91年出生（2002）
4年出生（1955）	104年出生（2015）	43年出生（1954）	103年出生（2014）
6年出生（1967）	116年出生（2027）	55年出生（1966）	115年出生（2026）
8年出生（1979）	128年出生（2039）	67年出生（1978）	127年出生（2038）

是的。